Para Terry Pratchett, con agradecimiento
por el mundo que construiste con palabras
y por todos los dragones que salieron
volando de tu imaginación;
y a la memoria de Oliver Postgate,
que llenó mi infancia de hermosos cuentos
de las tierras del norte.

Título original: *Tell Me a Dragon*

© 2009 Frances Lincoln Limited
© 2009 del texto y las ilustraciones, Jackie Morris
© 2009 Thule Ediciones SL
    C/ Alcalá de Guadaíra 26, bajos
    08020 Barcelona

Director de colección: José Díaz
Traducción: Alvar Zaid
Maquetación: Jennifer Carná

ISBN: 978-84-92595-21-1

Impreso en China

www.thuleediciones.com

Y TU DRAGÓN ¿CÓMO ES?

Jackie Morris

Traducción: Alvar Zaid

thule

Mi dragón está hecho de sol y estrellas.
Resplandeciente de polvo estelar,
cada noche sigue el sendero plateado de la luna
por todo el cielo.

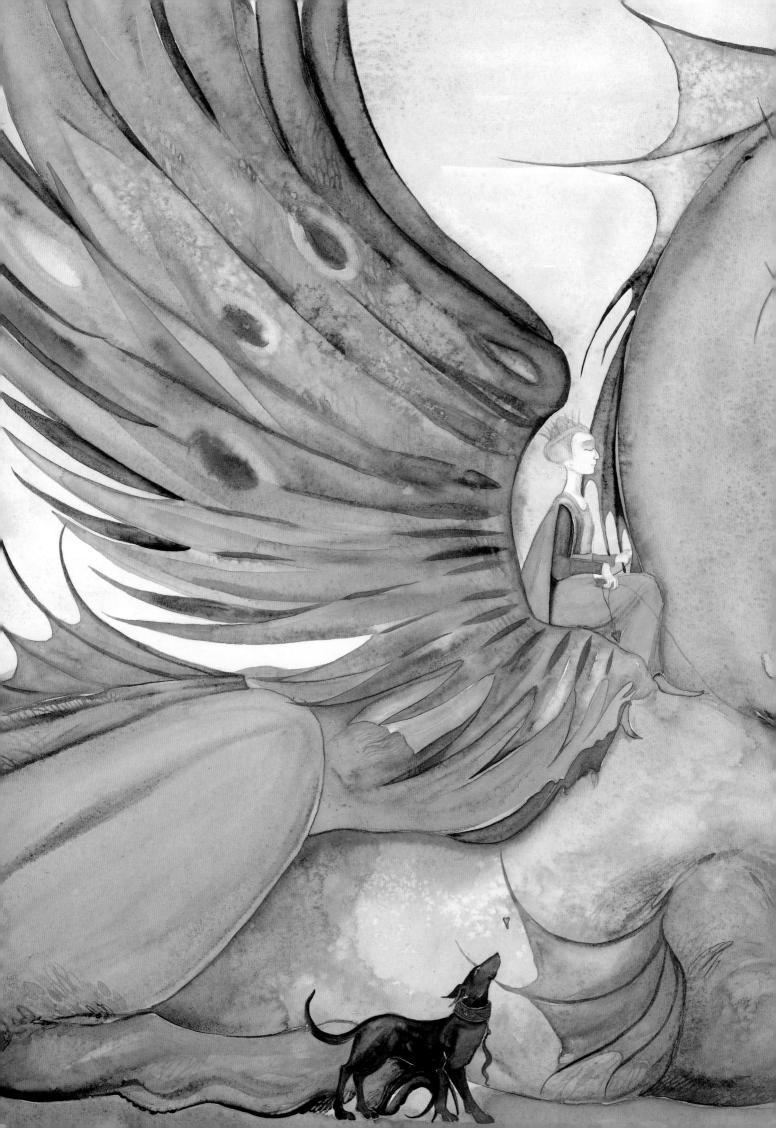

Mi dragona come
dulces y perfumadas flores.
Cuando ríe, de su aliento
escapan pétalos.

A mi dragón feroz y valiente le sobresalen los dientes.

Mi dragón, tan grande como una ciudad,

está veteado de nubes

y salpicado de polvo de oro.

Mis dragones son diminutos,
tienen alas arco iris tan delgadas como un suspiro.

Mi dragón es un dragón de cielo.
Juntos cabalgamos la secreta música del viento.

Mi dragón es un dragón marino.
Todos los días, sobre las olas,
juega a las carreras con los delfines.

Mi dragón

es un dragón de fuego.

nacido de la llama

de la vela de mi abuelo.

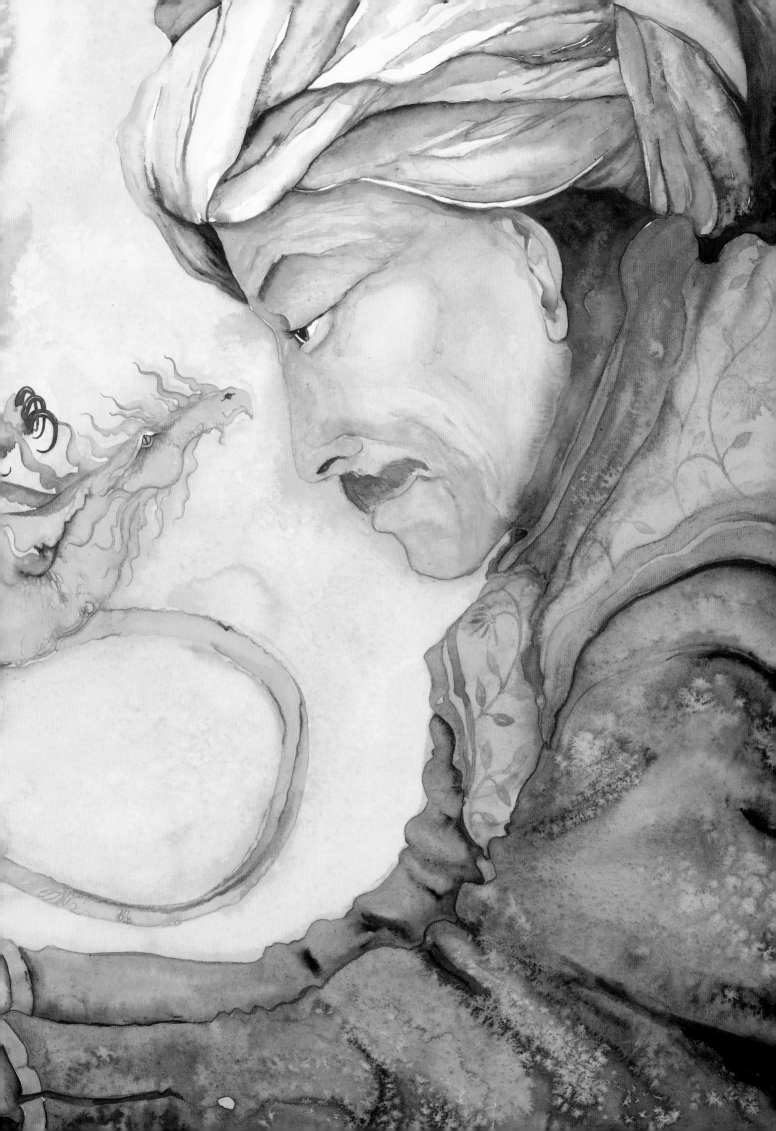

Mi dragón es un dragón polar.

Su aliento es de copos de nieve.

Ovillado en mi oreja, mi dragón canta dulces canciones,

me cuenta cuentos extraños

de tiempos antiguos

y lugares lejanos.

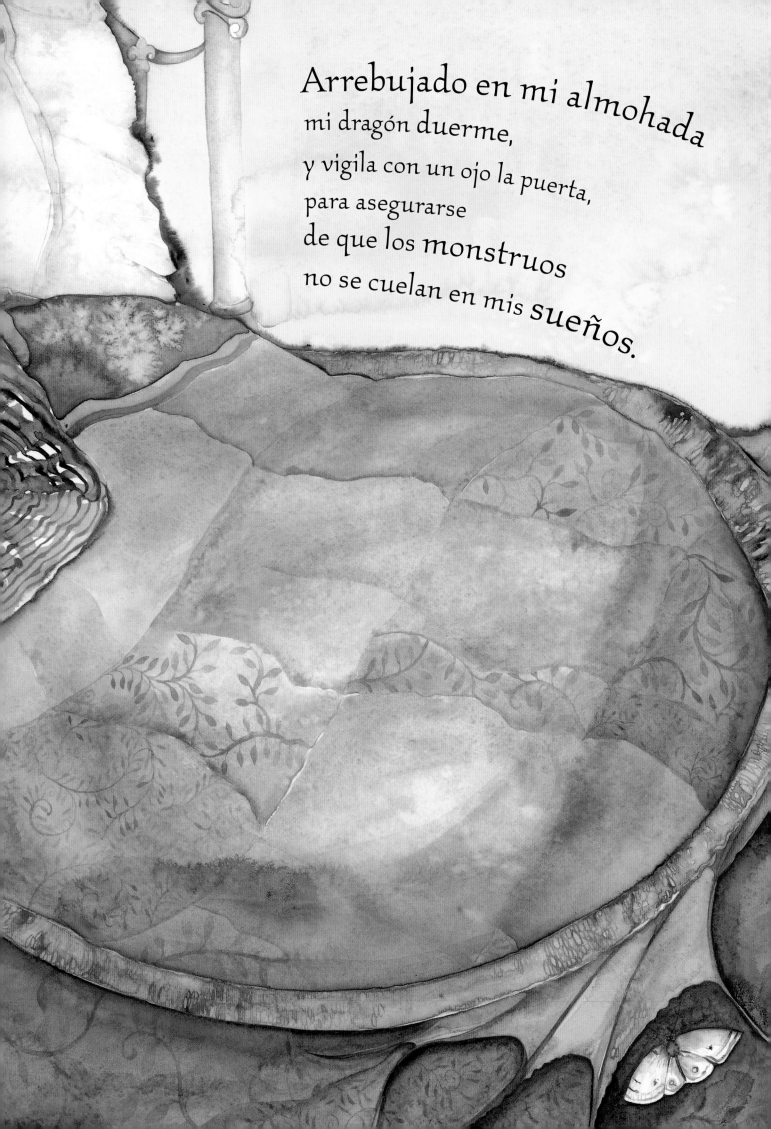

Arrebujado en mi almohada
mi dragón duerme,
y vigila con un ojo la puerta,
para asegurarse
de que los monstruos
no se cuelan en mis sueños.

Dime, ¿cómo es tu dragón?